Copyright © 2011 Giramundo Teatro de Bonecos

Edição geral
Sonia Junqueira

Projeto gráfico
Diogo Droschi

Revisão
Cecília Martins

AUTÊNTICA EDITORA LTDA.
Editora responsável
Rejane Dias

Rua Aimorés, 981, 8º andar . Funcionários
30140-071 . Belo Horizonte . MG
Tel.: (55 31) 3222 68 19

Av. Paulista, 2073 . Conjunto Nacional
Horsa I . Conj. 1101 . Cerqueira César
01311-940 . São Paulo . SP
Tel.: (55 11) 3034 44 68

Televendas: 0800 283 13 22
www.autenticaeditora.com.br

Todos os direitos reservados pela Autêntica Editora.
Nenhuma parte desta publicação poderá ser reproduzida,
seja por meios mecânicos, eletrônicos, seja via cópia
xerográfica, sem a autorização prévia da Editora.

GRUPO GIRAMUNDO

Direção geral
Beatriz Apocalypse

Criação, desenho e projetos dos bonecos
Beatriz Apocalypse

Construção dos bonecos e cenografia
Endira Drumond, Paulo Emílio Luz, Fernanda Paredes,
Daniel Mendes, Israel Augusto, Thaís Trúlio

Ilustração
Marcos Malafaia

Fotografia e iluminação
Ulisses Tavares

Figurino dos bonecos
Endira Drumond

Produção
Carluccia Carrazza e Ricardo Malafaia

Gestão de projeto
Gláucia Gomes

Making of
Ricardo da Mata e Beatriz Apocalypse

www.giramundo.org

Dados Internacionais de Catalogação na Publicação (CIP)
(Câmara Brasileira do Livro, SP, Brasil)

Junqueira, Sonia
Chapeuzinho Vermelho / um reconto do Giramundo
Teatro de Bonecos ; reconto livre da versão dos Irmãos
Grimm ; texto Sônia Junqueira ; criação, desenho e projeto
dos bonecos Beatriz Apocalypse. – Belo Horizonte :
Autêntica Editora, 2011. – (Coleção giramundo reconta)

ISBN 978-85-7526-567-3

1. Contos - Literatura infantojuvenil I. Grimm, Jacob,
1785-1863. II. Grimm, Wilhelm Karl, 1786-1859. III.
Título. IV. Série.

11-08801 CDD-028.5

Índices para catálogo sistemático:
1. Teatro : Literatura infantil   028.5
2. Teatro : Literatura infantojuvenil   028.5

giramundo
RECONTA

CHAPEUZINHO VERMELHO

Texto: Sonia Junqueira
Reconto livre da versão dos Irmãos Grimm

autêntica

— Me apresento: Zé do Conto,
ao seu inteiro dispor.
Vivo andando pelo mundo,
tempo adiante, tempo atrás,
no sonho e no verdadeiro,
dia e noite vendo, ouvindo,
proseando e aprendendo...
Vi que tudo vai mudando,
os fatos acontecendo,
mas uma coisa não muda:
sempre tem gente contando!
E eu também, no Giramundo,
venho contar pra vocês!

Então foi que era uma vez...

Era de tardinha.

Duas meninas e um menino brincavam na frente da casa de uma delas, pertinho de uma floresta. Já tinham jogado bola, pulado corda, passado anel, contado casos – daqueles de dar medo, de bichos assustadores, de escuridão, de perigo, casos de gelar a espinha, sabe?...

De repente, a menina de franjinha falou:

– Ah, cansei! Vamos brincar de outra coisa?

Nisso, uma mulher chamou, da janela da casa:

– Filha! Trouxeram um embrulho pra você, venha ver!

– Oba! Será um presente? Vou lá ver. Tchau, turma! Amanhã a gente brinca mais, tá? – e a menina de franja correu para casa.

A mãe a esperava com o embrulho no colo. Abriram, e era um lindo casaquinho vermelho de tricô, com um capuz também vermelho. Junto, um bilhete:

Querida netinha, fiz esse casaco para te aquecer nos dias frios.
Espero que goste. Com carinho,
Vovó

Quando puder, venha me visitar. Estou bastante gripada, e passo a maior parte do tempo debaixo das cobertas, tricotando...

– **Que lindo!** Adorei, mamãe!
– a menina vestiu o casaco e rodopiou pela sala.
– Nunca mais vou tirar este casaco! Vou dormir com ele, brincar com ele, estudar com ele...

– Desse jeito, vão te chamar de "a menina do capuz vermelho"...

– Taí, gostei da ideia... Capuz Vermelho... Não, Capuz não... Chapéu Vermelho... Chapeuzinho Vermelhinho... Não... Chapeuzinho Vermelho! Pronto! Agora eu sou a Chapeuzinho Vermelho!

No dia seguinte,

Chapeuzinho Vermelho se encontrou com os amigos para brincarem mais. Vestia, claro, o lindo casaquinho tricotado pela avó. E contou:

— Amanhã tenho de passar pela floresta, vou levar umas coisas pra minha avó, que está doente...

— Oba! Eu vou com você! Posso? — perguntou a amiga.

— Claro! Mas ó: eu vou bem cedinho, assim que o Sol nascer. Se você for mesmo, me encontre aqui nesse horário, tá?

Chapeuzinho acordou

bem cedo, se preparou e saiu para se encontrar com a amiga. Levava uma cesta com bolo, frutas, uma garrafa de vinho e chocolates, que a avó adorava. Ia pensando nas recomendações da mãe:

— Olha lá, heim? Nada de conversar com estranhos! Não saia da estrada, que é o caminho mais seguro pra casa da vovó! Não pare no caminho! Ande depressa! Quando chegar, entregue a cesta, faça um chá pra vovó, dê um beijo nela e volte imediatamente!

— Tá bom, mamãe, tá bom! Vou fazer tudo isso, prometo! – tinha respondido.

Chapeuzinho estava tranquila, achava que ia dar tudo certo.

Chegou ao lugar marcado:
a amiga não estava. Esperou alguns minutos,
impaciente, andando pra lá e pra
cá, e decidiu:

– Aposto que ela não vem! Dorminhoca
do jeito que é, não deve ter dado conta de
levantar tão cedo... Quer saber? Vou sozinha!

E foi.

Entrou decidida na floresta, mas logo
foi ficando ressabiada, olhando pra todo lado,
com um pouquinho, um pouquinho só, de
medo.

– Bem que eu preferia ter companhia...
A floresta é tão escura! Deixa eu andar depressa!

Para afastar o medo, Chapeuzinho
cantarolava:

Eu vou, eu vou, pra casa da vovó!
Tenho medo não, vou seguindo então,
com a vovozinha no meu coração.
Eu vou, eu vou...

Foi se acalmando e começou a reparar
na paisagem em volta, linda, com árvores
imensas, flores, trepadeiras, samambaias, cipós
entrelaçados, pássaros e borboletas e insetos
e bichinhos miúdos... E o cheiro? Delicioso!
Um cheiro de mato misturado com perfume
de flores, hum!

De repente...

– Auuuuuu! Auuuuuuuu!

– Ué... Um... um... cachorro?! Aqui na floresta?!

– Auuuuuu! Au, au, auuuuuu!

– E é mesmo um cachorro! Tadinho! Deve estar perdido ou machucado!

– Auuuu!

– Cachorrinho? Onde você está? Venha, venha!

Na mesma hora, um enorme lobo saiu de trás de uma árvore e pulou na frente da menina.

– Ohhhhhhhh! Que susto! E que cachorro enorme!

– Eu não sou cachorro, não! – disse o lobo. – Sou um lobo, isso é que eu sou! Bom dia, menina!

– B-bom dia, seu Lobo! O senhor parece um cachorro... um cachorrão!

– Mas não sou, já disse! – o Lobo não gostava nem um pouco de ser confundido com um cachorro. – E que cheirinho bom é este que estou sentindo?

– Bolo, frutas... umas coisinhas que estou levando pra minha avó. Oh, por falar nela, eu não devia ter parado! Estou com pressa! Até logo, seu Lobo!

[16]

— Espere, espere, ainda é cedo! Onde mora sua avó?

— Mora na beira da floresta, perto de três grandes carvalhos...

— Huuummm... Acho que sei onde é...

O Lobo estava cada vez mais confiante: a menina era ingênua, bobinha, ia ser fácil devorá-la... Não ia precisar nem de amaciante de carne...

— Bom, então até logo, seu Lobo! Já vou indo.

— Espere, menina! Aproveite mais o passeio! Você não está ouvindo o canto dos passarinhos? E as flores? Olhe como estão maravilhosas, flores de todos os tipos, de todas as cores!

— É mesmo... Acho até que vou colher algumas pra minha avó...

— Isso, menina! Fique aí colhendo flores pra vovozinha, que quem vai embora sou eu. Me lembrei de um compromisso urgente... Adeus!

— Adeus, senhor Lobo! – e Chapeuzinho pensou: "Minha mãe é exagerada mesmo! Conversei com o senhor Lobo, um estranho, e não aconteceu nada de ruim...".

[19]

Enquanto isso, o Lobo corria por uma trilha que conhecia, entre as árvores, e que o levaria mais rapidamente a uma casinha na beira da floresta, perto de três grandes carvalhos...

– Toc! Toc! Toc!
– Qu-quem é?
– Sou eu...
– Eu quem? Fale mais alto, não estou escutando...
– Eu, vovó! Sua netinha querida! Vim trazer uma cesta de coisas gostosas pra senhora...
– Sua voz está estranha, minha neta... Mais grossa!

— **Eu também** estou gripada, vovó, e rouca – disse o Lobo, tentando afinar a voz.

– Entre, entre, minha filha! A porta está destrancada!

O Lobo entrou, sorrateiro, e, antes que a velhinha percebesse o que estava acontecendo, pulou sobre ela e a engoliu inteirinha, com roupas, óculos, agulhas de tricô e tudo.

– Hummm... Carne dura, mas deu pra matar um pouco da minha fome! Agora, vou me preparar para a sobremesa, que deve estar chegando por aí... Oba!

[24]

"Coisas gostosas,
flores... É, acho que a vovó vai gostar mesmo! Que bom!", pensava Chapeuzinho Vermelho, chegando à casa da avó.

— Ué... a porta está aberta! Escancarada! Esquisito... Será que aconteceu alguma coisa com a vovó?! Vovó! Vovó! A senhora está aí? — gritou, antes de entrar na casa.

Silêncio.

— Vovó! Sou eu, sua neta! Responda, vovó!

O Lobo, que havia cochilado depois de engolir a velhinha, acordou e, com voz de vovozinha, respondeu:

— Oh, minha filha, entre, entre! Eu estava cochilando! Esta gripe está acabando comigo...

— Olá, vovó! Que bom ver a senhora! Me assustei com a porta aberta, achei que tinha acontecido alguma coisa...

— Não, filhinha, deve ter sido um cachorrão que vem aqui às vezes pedir comida, Ré, Ré, Ré! — o Lobo se divertia.

[28]

— Vovó, a senhora está

estranha, toda coberta...

— É a gripe, minha filha, é a gripe... Então, cadê as coisas gostosas que você me trouxe?

— Estão aq... Epa! Como é que a senhora sabe que eu trouxe coisas gostosas?

— Ah, netinha, um passarinho me contou...

— Ah, bom!

"Que boba", pensou o Lobo. "Acredita em tudo!"

— Vovó, por que suas orelhas estão grandes assim?

— É a gripe, filhinha! Cresceram pra eu ouvir melhor...

— E seus olhos, vovó? Estão enormes!

— Também cresceram pra eu ver melhor...

— Ah, sei... E essas mãos imensas?

— Pra te pegar melhor, netinha, veja como te seguro firme!

– **Vovó, vovó,** que bocarra é essa? E esse hálito horroroso?!
– É pra te devorar inteira, menina! – e NHAC! O Lobo engoliu Chapeuzinho de uma só bocada. – Ah, que delícia! Agora sim, estou satisfeito! – tirou um fiapo de lã vermelha dos dentes, virou-se pro canto e começou a roncar.

Enquanto isso...

— Uf! Uf! Ai, não aguento mais correr! Ainda bem que estou chegando! — era a amiga da chapeuzinho, que tinha perdido a hora do encontro e vinha atrás da amiguinha. — Será que a Chapéu já chegou?! Espere! Que barulho estranho... Parece um ronco, mas... tão alto?!

Depois de uma curva, avistou a casinha da avó da Chapeuzinho Vermelho.

— E parece que o ronco vem de lá... Vou olhar pela janela, quem sabe dá pra ver alguma coisa...

Deu: o Lobo escarrapachado na cama, roncando feito uma metralhadora, a imensa barriga subindo e descendo, mexendo pra lá, mexendo pra cá...

— Nossa! Que avó mais esquisita! Nem parece gente! Parece... parece... um lobo?! É isso, um lobo! Credo! E essa barriga pulando pra lá e pra cá? Ihhh, sei não... vou dar uma volta por aí pra ver se encontro ajuda. Isso não está me cheirando bem...

Foi. E logo encontrou o Caçador, que já vinha vindo.

— Boa tarde, menina. Ouvi um barulho estranho, parecia um ronco, mas muito alto... Vim ver o que está acontecendo.

— Que ótimo, seu Caçador. Eu também ouvi. E vi: espie pela janela que coisa estranha. E como ronca, a figura!

O Caçador olhou:

— Menina! Essa aí não é a velhinha, não, é o Lobo! E olhe que barriga! Ele deve ter comido a velhinha, isso é que é! Vamos, depressa, vamos abrir a barriga desse desinfeliz!

— E a Chapeuzinho Vermelho? Onde será que ela está?!

— Depois a gente procura. Venha, vamos primeiro salvar a velhinha!

Com cuidado, devagarinho mas com mão firme, o Caçador abriu a barriga do Lobo com um enorme facão que tirou da mochila.

 E... surpresa! A primeira coisa que apontou foi... o capuz vermelhinho!

 — Credo, que susto! Estava tão escuro lá dentro! E apertado!

 — Chapéu, que bom que você está viva! — a menina abraçou a amiga.

 — Vejam! — disse o Caçador. — A barriga dele ainda se mexe! E parece que respira...

— É A vovó! É a vovó!

Vamos tirá-la de lá!

– ATCHIM! – fez a velhinha assim que saiu da barriga. – Que sufoco! Meu nariz entupiu lá dentro, e o capuz da minha neta me fazia cócegas, e esse Lobo fedorento que não parava de roncar. Credo, que dia!

Todos riram e se abraçaram e dançaram, porque tudo está bem quando termina bem. E tudo terminou bem para Chapeuzinho e sua avó, claro, porque pro Lobo... Ah, esse estava lá, o barrigão aberto, frouxo, uma lástima. Mesmo assim, acredita que ele não acordou?! Continuou roncando, esparramado na cama.

– Meninas, depressa! Corram lá fora e tragam pedras, muitas pedras, todas as que conseguirem carregar. Vamos encher a barriga desse Lobo antes dele acordar. Andem! – disse o Caçador.

Enquanto a vovó descansava lá dentro, encheram a barriga do Lobo com um punhado de pedras. O Caçador costurou a barriga bem costuradinha; em seguida, os três se esconderam e ficaram espiando.

[41]

Depois de roncar

mais um tempo, o Lobo acordou:

– Nossa, como dormi! Hummm, e que sonho doido foi esse que eu tive? Estranho... Ai, ai, eu não devia ter engolido as duas de uma vez! Minha barriga está pesada! Vou levantar e procurar um digestivo...

Levantou-se com dificuldade, deu um passo e ploft! Se esborrachou no chão, de barriga pra baixo. Mortinho da silva.

– Até que enfim! – disse o Caçador. – Há anos tento pegar este lobo, e agora, com a ajuda de vocês, está feito. Vou tirar as pedras da barriga dele e levar o bichão pra casa. Vai dar um lindo tapete! Adeus, meninas! E... juízo, viram? Falar com estranhos pode ser muito perigoso... principalmente se não aparecer um caçador pra ajudar!

[42]

[43]

— **Adeus,** Caçador! Obrigada!

– Obrigada! Adeus!

Dentro de casa, a vovó, já recuperada, tinha comido todo o bolo, as frutas, os chocolates e tomado a garrafa inteira de vinho.

– Vovó! Que barrigão!

– É pra roncar melhor, minha netinha!

As três riram muito, e as meninas se despediram da vovó, prometendo ir direto pra casa, sem parar no caminho e... sem falar com estranhos!

Da janela, a vovó ficou acenando, até que viu desaparecer, depois da curva, a mancha vermelha do casaquinho de lã. Depois, fechou a casa, sentou-se numa poltrona e foi... tricotar – pois não é que tinham recuperado até as agulhas de tricô da barriga do Lobo?!

[46]

Essa história

teve assim o seu fim-firinfinfim.
Posso seguir meu caminho:
novamente, pé na estrada
pra enxergar e assuntar,
pra viver e escutar
casos e contos sem fim...
e voltar para contar! Inté!

Giramundo:
bonecos em movimento

O grupo Giramundo – Teatro de Bonecos foi criado por Álvaro Apocalypse, sua esposa Tereza Veloso e Maria do Carmo Vivacqua no início dos anos 1970, em Belo Horizonte, Minas Gerais. Movido pelo desejo de criar filmes de animação, mas diante dos altos custos e restrições técnicas do desenho animado da época, Álvaro Apocalypse decidiu realizar seu sonho através da animação em tempo real, em forma de teatro de bonecos – que assumiu, a princípio, a função de divertimento familiar de final de semana. A primeira montagem, *A Bela Adormecida*, foi produzida em fundo de quintal e apresentada ao público, em teatro, em 1971.

Público e crítica foram atraídos pelos bonecos bem-construídos, pelo bom gosto do texto, pela qualidade das trilhas sonoras e pela coragem das propostas cênicas daquele grupo de artistas e professores universitários da Escola de Belas Artes da UFMG. O grupo decidiu, então, partir em busca de conhecimento sobre o teatro de bonecos. Destino: França – Charleville-Mézières, cidade-sede do maior festival mundial de teatro de bonecos e importante centro de referência sobre o teatro de formas animadas. A viagem, em meados dos anos 1970, causou grande impacto no grupo. O contato com novas técnicas de manipulação e construção, a dimensão das montagens e das companhias e o uso do boneco no teatro adulto transformariam definitivamente o Giramundo.

Os temas populares e brasileiros, base do desenho e da pintura de Álvaro Apocalypse, assumiram espaço cada vez maior nas montagens do grupo, fazendo dos espetáculos verdadeiras representações animadas dos quadros de seu criador e diretor artístico. Durante três décadas à frente do Giramundo, Álvaro Apocalypse construiu a mais impressionante obra do teatro de bonecos brasileiro, dirigindo vinte montagens e criando mais de mil bonecos. Sua atuação e sua força pessoal contribuíram para a formação de seguidas gerações de marionetistas, impulsionando o teatro de bonecos brasileiro em direção ao experimentalismo e à profundidade temática. Seu método de trabalho, baseado no desenho como principal elemento de planejamento, e suas descobertas mecânicas tornaram-se parâmetros marcantes, adotados amplamente por muitos marionetistas e companhias de teatro de animação.

A partir dos anos 2000, o Giramundo abandonou progressivamente a concepção de grupo de teatro convencional e assumiu uma forma composta, de caráter público, como centro de pesquisas sobre o boneco em suas variadas manifestações. Nesse período, foram criados o Museu, o Teatro, a Escola e o Estúdio Giramundo, dedicados à memória, ao entretenimento, à educação, à pesquisa de novas tecnologias e ao desenvolvimento de produtos, com destaque para livros, vídeos e brinquedos. A constante transformação do grupo, ao longo dessa trajetória de adaptação e mutação, criou a história de um grupo singular e imprevisível.

"Muito prazer, meu nome é Giramundo, sobrenome, Movimento."

Marcos Malafaia

FOTO: MARCOS MALAFAIA. ESPETÁCULO: PEDRO E O LOBO.